V E N T E

EXPOSITION PUBLIQUE
le 24 Mars 1909,
de 2 heures à 6 heures

La Vierge à l'OEillet

COLLECTION LUCIEN-LEROY

M. GUSTAVE POULON

TABLEAU

La Vierge à l'OEillet

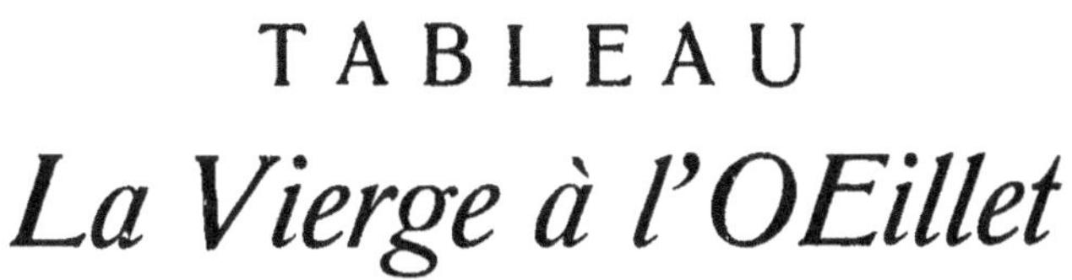

ayant figuré à l'Exposition des Alsaciens-Lorrains

AU PALAIS DU LOUVRE, EN 1885

APPARTENANT A LA COLLECTION

LUGLIEN-LEROY

dont la vente aura lieu à Paris

HOTEL DROUOT, SALLE N° 8

Le Jeudi 25 Mars 1909, à 4 heures

M. Gustave COULON, Commissaire-Priseur à Paris, rue de la Victoire. 12
assisté de M. Lucien KLOTZ, à Paris, 18, boulevard de Strasbourg

EXPOSITION PUBLIQUE

Le Mercredi 24 Mars 1909, de 2 heures à 6 heures
et le Jeudi 25 Mars 1909, de 2 heures à 4 heures

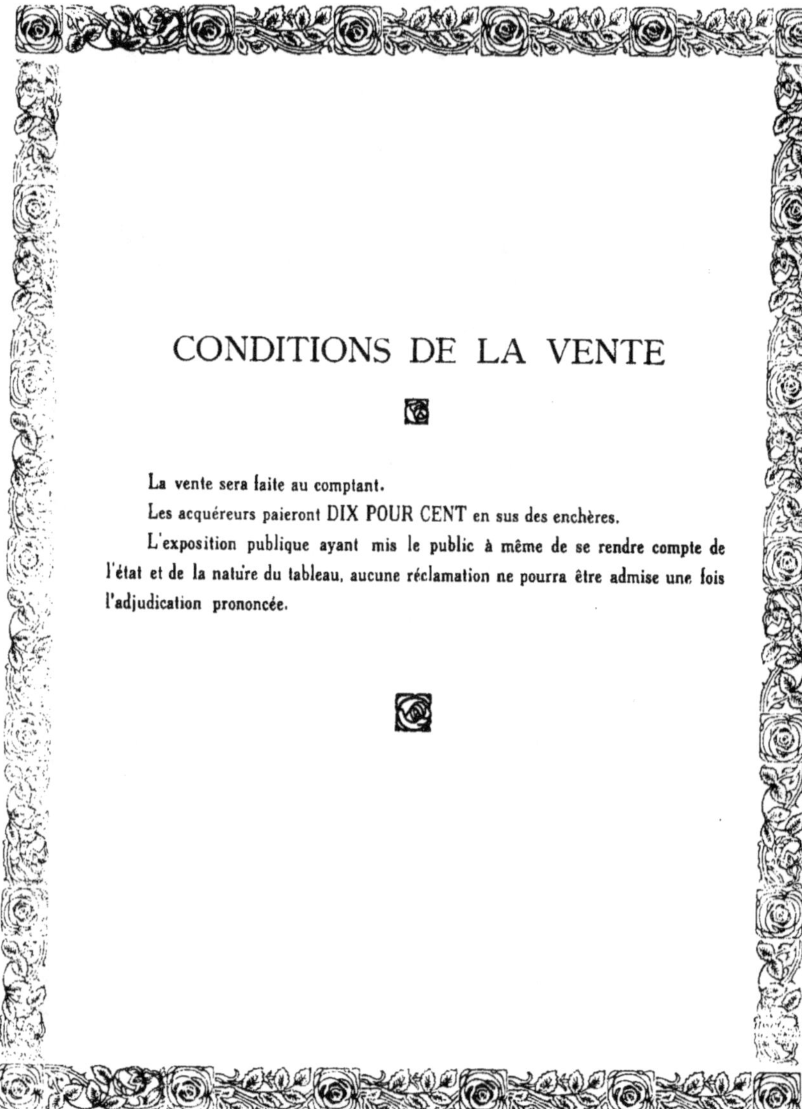

CONDITIONS DE LA VENTE

La vente sera faite au comptant.

Les acquéreurs paieront DIX POUR CENT en sus des enchères.

L'exposition publique ayant mis le public à même de se rendre compte de l'état et de la nature du tableau, aucune réclamation ne pourra être admise une fois l'adjudication prononcée.

Articles parus dans le journal " L'ÉCLAIR "

17 décembre, 20 décembre, 24 décembre et 30 décembre 1908

HISTOIRE D'UN TABLEAU

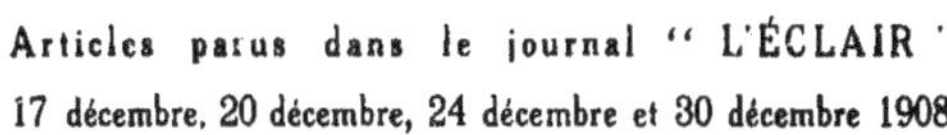

M. LUGLIEN-LEROY présente à notre collaborateur
LUCIEN KLOTZ un chef-d'oeuvre attribué à Raphaël

Je recevais, l'autre jour, la lettre suivante :

Monsieur Lucien Klotz
Critique d'art au journal l'Eclair
PARIS
   Monsieur,

   En ma qualité d'ami du journal l'Eclair, je crois intéressant de vous
faire savoir que je possède, dans ma collection, un original de Raphaël :
« La Vierge à l'Œillet ». Je vous vois sourire... Permettez-moi cependant
de vous dire, monsieur, que ce n'est pas à la légère que je vous fais cette
communication, ayant eu déjà, sur ce point, l'avis de personnes des plus
autorisées.

   Je suis à votre disposition dans le cas où vous seriez curieux de voir
ce tableau.

   Veuillez agréer, monsieur, mes salutations empressées.

                                        LUGLIEN-LEROY,
                                        Manufacturier.

   En effet, je souris, tout d'abord, je souris car je suis payé pour être
sceptique quant aux toiles de maîtres, découvertes par des profanes en de

poussiéreux greniers... et qui, après examen, se trouvent être simplement des copies parfois grossières.

Mais, après avoir souri, je relus la lettre ; mes yeux s'attachèrent à la signature, et je me souvins que mon correspondant méritait qu'on attribuât de l'importance à ses dires. C'est que M. Luglien-Leroy n'est pas seulement un des manufacturiers les plus distingués de France, il est encore un des collectionneurs les plus avisés qui soient dans la région du Nord. De plus, je savais qu'il possédait une fort belle galerie.

Mais un Raphaël... un original de Raphaël... était-ce possible? En tout cas, il fallait voir, il fallait vérifier... Je résolus de partir, ainsi que M. Luglien-Leroy m'y invitait. Le lendemain, j'arrivais a Frévent ; je débarquais en plein paysage d'usines éclairé par un triste ciel d'hiver ; de suite, je me présentais chez mon correspondant. Grand et droit, avec, dans son énergique regard, une flamme de bonté, M. Luglien-Leroy offre bien l'aspect du « meneur d'hommes » qu'il est en réalité ; car il dirige une véritable armée d'ouvriers auxquels il ne cesse de prodiguer les trésors de sa philanthropie.

A peine m'étais-je nommé :

— Ah! Vous venez pour mon Raphaël?... interrogea-t-il.

— Oui.

— C'est bien... Nous allons le voir.

Et nous nous dirigeâmes du côté de la galerie. Malgré les beautés remarquables de quelques-unes des toiles exposées là, je ne m'arrêtai pas à les examiner. Je lançai même un coup d'œil presque indifférent sur un superbe Christ, d'une anatomie parfaite, d'un réalisme saisissant, qui est, certes, un des plus beaux joyaux de la collection. Puis, je m'empressai vers le tableau dont m'avait parlé M. Luglien-Leroy.

— Tenez, me dit-il, en me le désignant : voici la *Vierge à l'Œillet*.

Je jetai les yeux sur la toile et, aussitôt, je constatai, sans qu'un doute fût possible, que je me trouvais bien en présence d'un chef-d'œuvre. Sur les genoux d'une vierge souriante, l'enfant Jésus tient à la main un œillet. Il y a, dans cette peinture, une expression d'innocence et de simplicité ; on y trouve également cette grâce pudique due à la naïveté des mœurs campagnardes que Raphaël a si bien saisie et qu'il a immortellement fixée. Le ton de la couleur et le style du dessin s'harmonisent à merveille et leur accord parfait produit cet effet d'enveloppement, de béatitude admirative qu'on ressent devant la *Vierge à la Chaise* ou la *Belle Jardinière*. C'est cette sorte d'hypnose délicieuse qui s'empare de quiconque est ouvert à la compréhension de l'art et que l'on a appelée l'émotion esthétique.

Longtemps, je demeurai devant la *Vierge à l'Œillet*, cherchant un défaut, une tare... Je n'en trouvai pas. Je savais qu'il existait, quelque part, d'autres prétendues répliques ou copies de cette œuvre. Mais cette toile que j'avais devant les yeux dégageait une telle impression de sincérité, elle était si bien marquée du sceau du génie, qu'en moi-même je me promis, grâce à cette tribune puissante qu'est l'*Eclair*, de révéler son existence aux collectionneurs.

Oui, je crois pouvoir attribuer la *Vierge à l'Œillet*, appartenant à M. Luglien-Leroy, au divin Raphaël. Oui, l'œuvre que j'ai vue l'autre jour à Frévent est bien dans la manière du premier style du peintre de la Fornarina. Elle en a toute la grâce. Oui, elle garde encore, après des siècles, ce caractère de beauté absolue qui la place au rang des choses éternelles...

Et les amateurs seront de mon avis, car, prochainement, sur mes conseils, M. Luglien-Leroy exposera, à Paris, sa *Vierge à l'Œillet*. J'ai trop longtemps lutté contre la tendance qu'ont quelques-uns à formuler immédiatement, et sous le coup d'une émotion première, des jugements hâtifs, je me suis trop souvent élevé contre des attributions fantaisistes pour craindre qu'on ne m'accuse de m'être laissé aller à un enthousiasme injustifié.

Oui, lorsqu'on verra « *face à face* », c'est la belle devise de M. Luglien-Leroy, la *Vierge à l'Œillet*, on ne pourra, j'en suis certain, me faire un grief de l'avoir présentée aux lecteurs de l'*Eclair*. Après avoir examiné, je me tournai du côté de M. Luglien-Leroy, qui, avec un sourire rassuré, me dit : « Mon tableau n'est pas comme les peuples heureux. Il a une histoire... et des papiers.

J'interrogeai :

— Des papiers ?

— Certes, me répondit-il, et je vais vous les communiquer.

Ce sont ces documents, que je me propose de publier, qui constituent, en quelque sorte, le pedigree du chef-d'œuvre, et qui me serviront à étayer mon attribution — et à justifier mon enthousiasme.

COMMENT M. LUGLIEN-LEROY EN DEVINT POSSESSEUR

Je disais, l'autre jour (*Eclair* du jeudi 17 décembre), quelles qualités maîtresses m'ont séduit dans la *Vierge à l'Œillet,* appartenant à M. Luglien-Leroy. Oui, c'est bien là le style du prestigieux artiste ; observez le visage de la madone du tableau de Frévent, et vous serez frappé de cette expression de candeur, de douceur et de sérénité que Raphaël emprunte à la beauté naïve des paysannes italiennes.

Tout secoué encore de cette vibration intime que provoque chez le curieux des choses d'art la vue d'un chef-d'œuvre, j'avouais que je me trouvais en présence d'une toile, qu'il est possible d'attribuer à Raphaël, lorsque — on s'en souvient — l'heureux collectionneur m'apprit que son tableau avait « une histoire ».

Quelle histoire?... C'est ce dont je m'enquis curieusement. Elle était écrite, cette histoire, tout au long, dans les papiers de famille de M. Luglien-Leroy, et mon hôte me l'exposa complaisamment.

Il ressort de l'examen de ces précieux documents que la *Vierge à l'Œillet* fut achetée, en 1686, par un gentilhomme, M. de Rosainville. Son ami, le peintre Largillière, avait reconnu dans la *Vierge à l'Œillet* la touche du maître et il n'hésita pas à affirmer qu'il se trouvait en présence d'un original de Raphaël.

Le catalogue des tableaux de M. de Rosainville contenait, en effet, ces lignes :

« N° 10. — *Un tableau représentant une vierge tenant le petit Jésus, de 10 pouces 9 l. de hauteur sur 8 pouces 9 l. de largeur. M. de Largillière, qui l'a examiné, m'a dit être original de Raphaël.* »

Ainsi donc, voilà un artiste, et non des moindres, puisqu'il fut un des meilleurs peintres de portrait qu'ait comptés l'art français, qui, en 1686, c'est-à-dire en plein épanouissement artistique, alors que d'autres peintres, aussi illustres, aussi compétents que lui-même, eussent pu, le cas échéant, lui opposer une affirmation contraire, ne craint pas de déclarer hautement que la *Vierge à l'Œillet,* de la collection Rosainville, est bien de Raphaël. C'est déjà une présomption tout au moins élégante.

Le tableau, toujours désigné comme étant une œuvre originale du merveilleux artiste italien, passa, à la mort de M. de Rosainville, entre les mains de son petit-fils, le baron de Fourment. Celui-ci était un personnage estimé. Conseiller du roi, maître ordinaire en la Chambre des Comptes de Paris, il voyait se presser en ses salons tout ce qui portait alors un nom dans le monde de la noblesse, de la magistrature et de l'art. Jamais un doute ne fut émis, par les artistes qui fréquentaient chez lui, non seulement sur la valeur du tableau, mais encore sur sa véritable origine. Tous s'accordèrent à déclarer qu'en effet c'était bien là un Raphaël.

Le fils du conseiller du roi — sénateur du Second Empire — hérita du chef-d'œuvre. Et, chez lui encore, tous les hommes qui illustrèrent la brillante cour des Tuileries, défilèrent... et admirèrent la *Vierge à l'Œillet*.

Le sénateur baron de Fourment fit don, à la mère de M. Luglien-Leroy, de l'admirable toile... Et c'est ainsi que le collectionneur de Frévent en est devenu possesseur...

...Telle est l'histoire du tableau. J'ajouterai que sur les instances d'hommes éminents et sur les conseils du baron de Fourment, il figura, en 1885, à l'Exposition des Alsaciens-Lorrains, organisée au Palais du Louvre. Là, encore, il excita l'admiration enthousiaste des artistes et des connaisseurs...

Evidemment, c'était bien, pour beaucoup, une œuvre du grand Sanzio. On reconnaissait sa touche, son coloris, sa maîtrise. Mais il en fut qui, par un excès de timidité, n'osèrent avouer hautement leur opinion !...

D'ailleurs, cette hésitation est coutumière. De même qu'il faut compter avec les emballements irréfléchis, il y a également des détracteurs *systématiques* de la Beauté qui, avant même tout examen — - j'insiste sur ce mot — déclarent *de plano* qu'il ne peut y avoir de chef-d'œuvre en dehors des choses cataloguées, estampillées et consacrées par les connaisseurs officiels.

Eh bien ! sans ironie, je crois pouvoir dire que cette considération officielle est quelquefois sujette à erreur... Nous gardons mémoire de quelques exemples vaudevillesques ! Je ne les rappellerai pas.

AU MUSÉE DU LOUVRE. — INTERVIEW
DE M. HENRY DE CHENNEVIÈRES

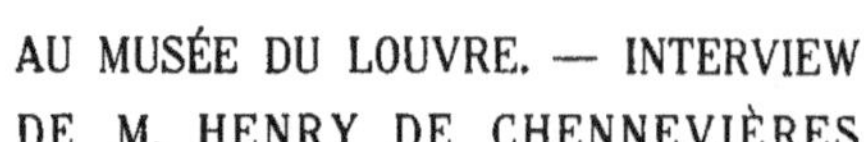

Or, donc, il y a plusieurs *Vierge à l'Œillet;* celle du Louvre est certainement la plus connue.

Mais quelle importance, convient-il, d'attacher à ce tableau, que l'on peut voir, en notre grand Musée National, dans la galerie des Raphaëls?...

J'ai tenu à prendre l'avis des intéressés eux-mêmes, c'est-à-dire de ceux qui assument la responsabilité de veiller sur les trésors artistiques entassés dans l'antique palais des Rois de France.

C'est pourquoi je me suis rendu auprès de M. Henry de Chennevières, un des conservateurs du Louvre, chargé spécialement de la section des tableaux.

M. Henry de Chennevières est à la fois un érudit et un lettré délicat, sa compétence, en matière d'art pictural, est indéniable.

Je ne pouvais donc mieux m'adresser qu'à lui, pour être édifié en même temps que renseigné de façon exacte.

M. H. de Chennevières me reçoit très courtoisement, et, tout de suite, me déclare :

« — Notre *Vierge à l'Œillet* fut achetée en 1882, à un prix qui n'avait rien d'exagéré... Elle faisait partie de la collection du peintre Timbal, et nous la cataloguâmes avec l'inscription qu'elle portait : *Santi-Raphaël,* — *Répétition de la Vierge à l'Œillet.*

» Dès l'entrée, pourtant, on avait eu des doutes sur la véritable origine de cette œuvre.

» On ne reconnaissait pas en elle ces qualités maîtresses de fraîcheur, de grâce, de coloris, qui permettent d'attribuer à coup sûr une peinture au génie du sublime artiste que fut Raphaël.

» Cependant, par égard pour Timbal, on laissa subsister provisoirement son attribution. »

J'interviens :

— Et, monsieur le conservateur, c'est un fait reconnu qu'en France rien ne dure comme le provisoire !...

M. H. de Chennevières sourit, puis :

— Ce provisoire-là, dit-il, a duré vingt-cinq ans. Ce n'est que l'année dernière, en effet, que nous avons définitivement supprimé, à notre *Vierge à l'Œillet,* toute attribution...

Je questionne à nouveau :

— Alors, selon vous, quelle valeur faut-il attacher à votre tableau, provenant de la collection Timbal ?...

— C'est, me répond le conservateur, une œuvre de qualité plutôt secondaire, ainsi que vous avez pu en juger par vous-même... Copie fidèle, soit, mais qui n'est qu'une copie.

J'étais fixé... et les dires de l'homme autorisé qu'est M. H. de Chennevières ne faisaient que corroborer ma première impression.

Oui, le tableau du Louvre est une copie ; il lui manque ce « *je ne sais quoi* » qui se dégage de l'œuvre de génie ; ce charme enveloppant, cette grâce naïve et tendre, cette douceur prenante, qui vous empoignent devant la *Vierge à l'Œillet* appartenant à M. Luglien-Leroy.

CONCLUSION

Je crois avoir tenu naguère, ailleurs qu'ici, un raisonnement qui s'applique bien à la différence existant entre une œuvre originale et une copie. Celle-ci peut être parfaite, elle peut sembler, elle peut être même supérieure, comme facture, à l'originale. Mais ce qui lui manque, ce que l'on ne découvre pas en elle, c'est l'intensité de vie et de rêve résultant de l'effort de l'artiste vers la réalisation de son idéal.

« Il a pris le réel, a écrit Camille Lemonnier en parlant d'un artiste, et il l'a marqué profondément à l'empreinte de sa personnalité. »

On peut donc dire que l'œuvre d'art est la vie réelle vue à travers le prisme du génie.

Aussi bien une comparaison fera comprendre mieux que tout quelle impression se dégage d'un original et quelle impression se dégage d'une copie.

Que vous ayez à écrire une lettre commerciale : de vous-même, machinalement, régulièrement, votre plume tracera les formules habituelles, et votre esprit étant libre de toute préoccupation d'ordre supérieur, vous vous complairez à soigner l'écriture de votre missive. Si, au contraire, vous avez entrepris d'exprimer des sentiments élevés ou de décrire en périodes sonores la beauté d'un paysage, votre écriture deviendra heurtée, furieuse, inégale sous le jet des inspirations, parce que votre plume tour à tour hésitera devant l'audace d'une image, ou fixera hâtivement, de crainte qu'il ne vous échappe, le mot nécessaire pour traduire avec fidélité votre pensée.

Sans l'avoir vue, je pose en principe que l'écriture du regretté André Theuriet n'était pas exactement identique à elle-même, sur les registres de l'enregistrement et sur l'ébauche de telle ou telle œuvre exquise signée de lui.

C'est ainsi que le copiste, attaché uniquement à la reproduction servile d'une œuvre d'art, et débarrassé du souci d'en rendre un effet ou un mouvement qui tenaille l'artiste créateur, soignera plus particulièrement la facture de son tableau. Tel l'apprenti géomètre, le copiste essaiera d'atteindre à la perfection des lignes et à la correction absolue des plus infimes détails.

Mais, quelle que soit l'habileté du copiste, son œuvre aura toujours quelque chose de trop froid, de trop net, de trop correct...

C'est ce qui n'existe pas dans la *Vierge à l'Œillet* dont j'ai parlé précédemment. C'est bien là l'œuvre d'art dans toute l'acception du mot. C'est bien un legs d'une de ces *grandes ombres* dont parlait Baudelaire. Il est impossible que l'imagination d'un amateur éclairé ne soit pas frappée par la beauté, la grâce, le charme que dégage cette toile.

Il suffit de la contempler dans ce tête-à-tête intime qui est nécessaire aux vrais amants de l'art. On se pénétrera de la sympathie qui émane d'elle. Surtout, en présence de son rayonnement, on l'admirera dans son ensemble, et on ne s'arrêtera pas à des critiques minuscules dont sont coutumiers quelques Don Quichottes de l'expertise !!...

Car il semble qu'à l'époque actuelle sévisse dans les milieux artistes l'épidémie de la négation irraisonnée. Il semble que beaucoup, qui subissent

les variations superficielles de la mode, aient oublié la devise de lord Boling-
broke : « Ne s'étonner de rien. » Eux s'étonnent de tout. Ce sont eux qui,
à chaque découverte nouvelle dans un des domaines de l'activité humaine,
haussent dédaigneusement les épaules, et s'évertuent à démontrer, par des
sophismes *viande creuse,* comme disait le vieux Rabelais, que cette découverte ne peut aboutir à rien. Ce sont eux qui découragent à plaisir les talents
naissants, qui ont laissé mourir de faim tant d'artistes de génie, et qui ont
ouvert la porte aux faussaires !...

Ils ne discutent pas. Comme le berger de M⁰ Patelin, ils ne savent
opposer aux raisonnements les mieux étayés que du bêlement. Ils bêleront
sans doute devant la *Vierge à l'Œillet* appartenant à M. Luglien-Leroy,
lorsqu'elle sera exposée à Paris.

Ils bêleront — mais que m'importe ?... Je crois avoir rempli avec cons-
cience ma mission de critique.

— Qu'avez-vous prouvé ?... me demandera-t-on. Voulez-vous garantir ?

Je renverrai, pour la réponse, mes questionneurs aux déclarations que
j'ai déjà faites ailleurs : « Au lieu de certifier, ne serait-il pas préférable
d'expliquer purement et simplement les motifs de sa conviction person-
nelle ? »

Je me suis toujours tenu dans les limites de cette circonspection jalouse
que devraient observer tous ceux qui ont l'honneur d'être appelés à émettre
une opinion sur une question d'art, surtout en matière de tableaux. Et, jus-
tement, je me trouve d'accord — et j'en suis fier — avec un de nos savants
les plus illustres dont les règles font loi en matière d'expertise.

« La qualité majeure de l'expert, dit-il, n'est pas l'étendue des connais-
sances, mais la notion exacte de ce qu'il sait et de ce qu'il ignore.

» C'est là ce qui constitue son impartialité vraie, son honorabilité pro-
fessionnelle, savoir dire à temps : « Je ne sais pas », pour ne pas être
obligé de dire plus tard : « Je me suis trompé parce que je ne savais pas. »
Si les conclusions de son expertise sont incomplètes, on trouvera dans les
constatations faites avec rigueur *les éléments suffisants pour les parfaire.* »

L'impression que j'ai ressentie devant la *Vierge à l'Œillet,* je l'ai in-
diquée.

Aux amateurs de conclure.

LUCIEN KLOTZ.

Impressions Artistiques
L.-M. Fortin.   Rocoffort et Cie, Srs
6. Chaussée d'Antin, Paris